# 云南映象

YUN NAN YING XIANG

陈衍强 | 著

闲

## 陈衍强

云南彝良角奎位卓人，1962年4月生，在《人民文学》《诗刊》《中国作家》《大家》《解放军文艺》《人民日报》等多家报刊发表过作品，有诗被译成英、日、韩等文字或收入多种权威选本，出版诗集《英雄美人》《我的乡村》《乡村书》《花房姑娘》。中国作家协会会员，曾获云南省文学艺术创作一等奖、中国诗歌·突围年度诗人奖、云南《百家》文学奖、边疆文学大奖诗歌奖等多种奖项以及昭通首届十大杰出青年、昭通市第二届名家等荣誉称号。

## 王光林

1986年出生于云南曲靖。2012年毕业于四川美术学院中国画系，获学士学位；2015年毕业于西南民族大学中国画系，获硕士学位。职业画家。现居昆明。作品曾参加在美国纽约大都会展览馆举办的“新青年·当代艺术国际推广计划”“中国当代青年艺术家赴芝加哥邀请展”“茶马古道梦 一路一带情”——云南民族主题美术创作巡展等。

# 目录

## 卷一　英雄

## 卷二　美人

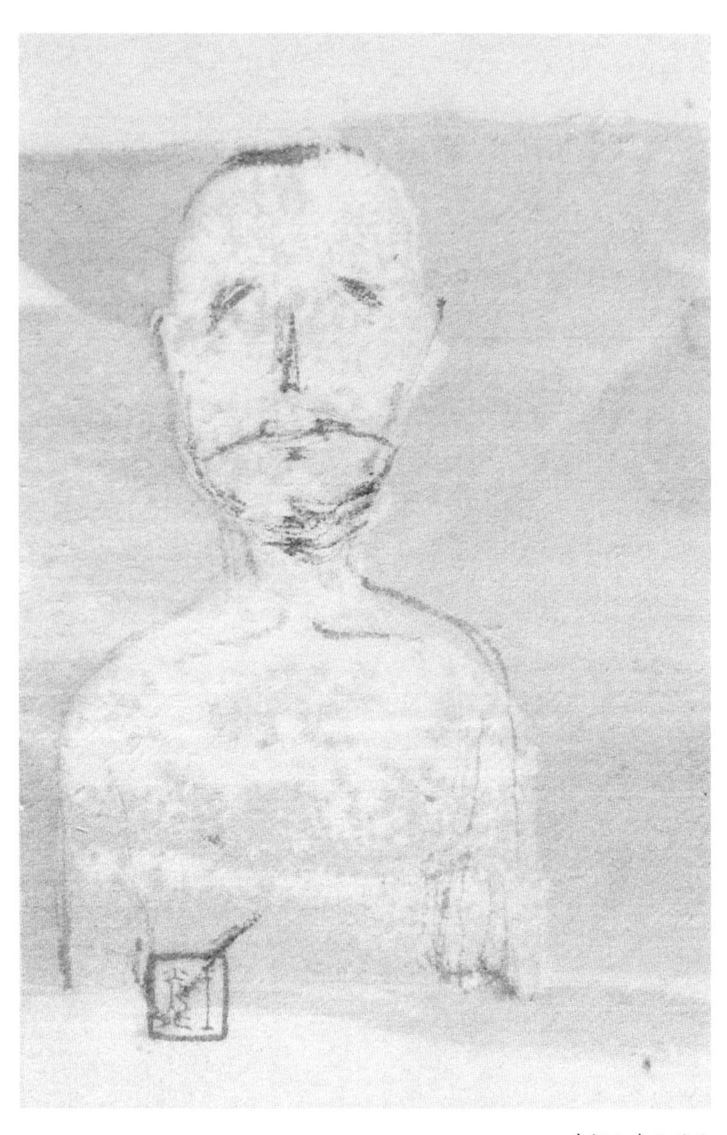

赤裸上身的男子

# 卷一

# 英雄

# 英雄美人

我其实只是一副鞍子
只有配在战马上
才威风凛凛
遥想当年
我一剑把北方的山头
削成大平原
然后从南方的峡谷
抽刀断水
一条大河才流成
你如此好看的身段

我雄姿英发
闯过了雁门关和黄河古道
却闯不过江南的
一株玉树后庭花
我的一股豪气
已被你琵琶一样的声音逼短
我烽火戏诸侯为你

我弯弓射大雕为你
我卧薪尝胆为你
我自刎乌江
还是为你

我因征服世界而成为英雄
你因征服我而成为美人
当我的刀光剑影
在你的眼睛里暗淡下去
你开始在我的盔甲上
明亮如擦洗我伤口的夜光杯

我戎马征战的疆场
杀不掉你的红颜
我摇摇欲坠的江山
毁不掉你的风情
我的痛苦和孤独在于
用你的美
去换回盖世的功名
我打遍天下
唯一的敌手就是你

1995.01.21

# 好汉武松

水底的月光　把你落寞的身影
照到当年的山岗
道路像一首随便写下的诗
从一个县城直抵江湖
你放弃的花朵　在枯枝上打开
成为永远的伤口

你身披昨夜的大雪
混在那些自以为是的人中间
用酒杀人　用马灯
点燃往事中的故乡
直到雨中的小街
在你的拳脚上消失

皇帝刚刚投降
落叶就覆盖了醉醺醺的秋天
大地上只剩下未消灭的仇敌
在牙齿上恨你

只有一个生活在别处的女子
梦见你从风雪中
打马归来

美人遍地　英雄绝迹
乱世中唯一的好汉
用热血将刀剑烧成灰烬
困兽返回水边　放下漂泊的心灵
孤独如一根哨棒
好汉　你走过的房子还是酒馆
你遭遇的猫
还是一只石头上的小老虎

1998.10.22

# 金瓶梅

好汉提着人头穿州过府
在嫂子梦不到的水边落草
美人打开临街的窗子
痴望北宋的秋天
一个探头探脑的男人
左脚官府　右脚民间
双手把握世风
天天沉湎于酒　倾向颜色

箫声吹亮清河县的灯火
守身如玉的美人
关起门为谁裁剪衣裳
死于《水浒》的男人正私藏妻妾
日寻花朵　夜问柳枝
顺便搭起楼梯
把丫环的睡眠偷过院墙
美人　生命中的火焰
来不及后悔就宽衣解带

一夜之间　女人的战争
全部开成流水上的花朵
怀抱药罐的男人
依然用花生米下酒
血染的门户　带毒的香气
只有用血才洗得干净

拼命填词的人
抓住一个妇人的姓氏
让她复活　让她惹事生非
而西门庆和武松
今天还在打马走过我们的内心

1998.11.29

# 侠客

桃花的源头
被江湖上的雾气
模糊了春天
只露出半只斗笠下的眼睛
和眼睛里的刀光剑影

是谁带着千年恩仇
朝秦暮楚地
抵达宋朝和南方酒楼
醉醺醺的没有规矩
规矩在他的拳头上
打得云朵噼啪作响

乱世而生的刁民
混入武林的泼皮
没有道理可讲
因为谁的刀快　谁就有理
他只好猛提一口真气

逼退使唤店小二的懒虫
然后用赶在闪电前面的飞刀
叼回色魔的头

他刚坐在秋风中
用花生米下酒
就被半路闪出的美人
用秋波点了穴道
致使他的三十六种招式
被一种叫爱情的暗器
逼到大理和天山

美人就是
与叫花子翻脸的小师妹
打开长发上的轻功
左脚昆仑　右脚峨眉
顺便抛出撒娇的梅花针
废掉情人的长剑
与神雕共舞

冰冷的风　无影的骨头
不容解释就将对手的生命
从咽喉里扇走
直到鲜血开出带毒的梅花

抖开铁扇的蒙面人

才露出侠客的嘴脸

独立码头　谁与争锋

1999.08.10

# 与先生一席谈

先生　为什么我不提你的大名
因为在中国　只要说先生
十有八九都是鲁迅
你的全集　我还没有看完
也懒得再翻
因为你的投枪和匕首
其实是一只很柔软的笔
语言的花朵　愤怒的言辞
是于无声处　不是惊雷
如果文学的圣殿在沉沦
带给我们的是伤害和羞辱
我们消耗的青春　善良和泪水
是否值得
如果诗人的尊严　剑胆和琴心
被世俗摧毁　美好荡然无存
我不仅怀疑这世上所有的诗人
还怀疑自己
先生　我在冷的夜晚

曾经焚诗取暖

当火焰解决不了饥饿和贫困

你板扎的胡子　不是明枪和暗箭

你手中的香烟　照出你苍白的脸色

如同燃烧的词语

在黑夜中烙痛的是你自己

我们应该怎样做父亲

先生　我放下你的杂文

至今仍然无法回答你踩我痛脚的提问

我已经忘掉你笔下的

好人和小丑　高尚与卑鄙

其貌不扬的先生　我只记住

你从民国穿到今天的灰布长衫

2017.07.04

# 郁达夫的忧郁

从一段婚姻到一段爱情
我拖着剩下的年华　疲于奔命
栖身别人的城市
才子佳人的时代刚刚开始
我是郁达夫　我投宿的民国
是寂寞的花园　空虚的宫殿
在寒风撕破旗袍的冬夜
是你用怀抱的火炉
温暖我冻伤的往事
外面正在打仗　每天都有
家破人亡　妻离子散
更多的时候
我在远离你的风雨茅庐发呆
来不及分担你的忧愁
时间就出现裂痕
誓言也稀释成一堆虚词
连空气中都充满暧昧的气息
我的精神正在崩溃

那些颠倒黑白的柔情蜜意
那些不了也得了的春花秋月
只是镜子破碎的瞬间
报纸和信件传来毁灭的消息
我扼腕叹息　不愿终止行程
又逃避不了军统　宪兵和现实
你像一本日记　虽然绕不开我
又不能与我共渡余生
我就算用今生和来世
也无法从火焰中救出爱你的诗篇
我继续沉沦　每天烂醉如泥
人生是一次感伤的行旅
与其在冰冷的世界苟且偷生
不如在流亡中迎头痛击
我像一个抑郁症患者
无力回报你的恩典
只好暗藏过去的好时光
不可企及地爱着遥远的祖国

2014.12.07

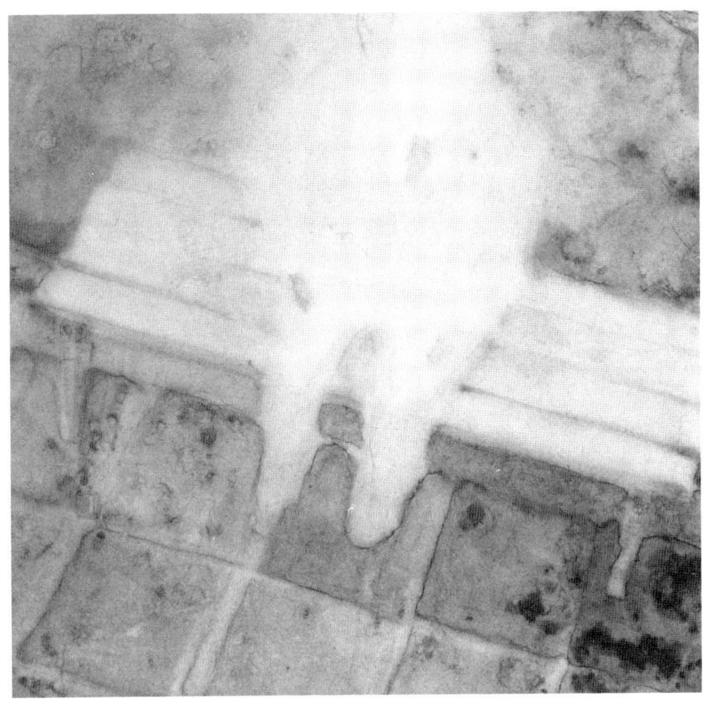

见－碎片

# 帕斯捷尔纳克

那一年我正和茨维塔耶娃
或者阿赫玛托娃
在莫斯科的冰块上磨刀子
那一年我对生命不满
眼睛盯着自己的皮鞋
那一年我的诗歌后面
跟着十月革命和克格勃
我的祖国
是高尔基和塔斯社的祖国
那一年我拴不住心中的马匹
那一年我不愿爬纸糊的楼梯
那一年我渴望驾着三套车
去乡村杀牛　写小说　种土豆
那一年有的人什么都不懂
有的人又懂得太多
那一年铁路还没有爬到昭通
我无家可归　生活在别处
那一年我不叫帕斯捷尔纳克

那一年我是日瓦戈医生
那一年一个单位就是一个联邦
我的同事一个盯着一个
谁也不放过谁
那一年的风打着我的耳光
我被祖国寒冷的俄语
刺穿骨头

1995.04.08

## 索尔仁尼琴

索尔仁尼琴不是俄罗斯美女
索尔仁尼琴是前苏联硬汉
他姓亚历山大
一生也真够压力山大
这里的黎明静悄悄
只有他的琴在响
弹第一圈是小提琴
弹马特辽娜的家是手风琴
弹癌病房是钢琴
弹在转折关头是马头琴
弹古拉格群岛是竖琴
他孤独和正义的俄文
他粗声和大气的杂音
缭绕莫斯科郊外的晚上
不是阴暗的高调
就是劳改营的旋律
不是不合作的音符
就是持不同政见的乐章

他命犯小人

把青春挥霍成流放的英雄

他命若琴弦

把岁月演奏成流亡的巨匠

他不是俄罗斯的良心

他是我心灵的秘密主人

亲切如在卡文迪什镇见过的

邻家兄长

2017.07.18

# 向海明威同志学习

你生下来的第一声咆哮
就是对世界的
迎头痛击
你六英尺高的美国牛仔
被第一次世界大战
打得大洞小眼
像筛子一样
滚回祖国
战争
把人民挑在刀尖上
光荣一钱不值
你剩下的半条命
只有靠写作
才能完成最凶猛的复仇
当你雄狮般的前额
折叠成《老人与海》
你再也寻不到
可以决斗的对手

除了用曾经永别了的枪声
打倒另一个海明威
你别无选择
在百年孤独的猎场
风吹草动
野狼出没
欧内斯特·海明威
丧钟为你而鸣

1991.09.20

# 彝良往事

——致罗炳辉

乱世的枪声拉着他的头颅
轰隆隆滚过雨夜的天空
留下半间没人看管的草房
成为教育我们的旧居

一盏怀旧的灯
照亮一把抵挡千军万马的剑

没有对手的年代
我们拥有的武器只是废铁
我是我的敌人　痛苦在酒杯里
燃烧成诗歌的骨头

我们村里的穷孩子罗炳辉
从逃亡的马队拐入遥远的河流
革命的火把已经翻山越岭
而他正踩着灰烬

被去年的大雪围追堵截
他纵身一跃
就骑上磅礴的乌蒙山
向北方飞去
而我被自己的天才围困
一百年也挣不脱他废弃的村庄

扎绑腿的美人
卸下英雄肩上的包袱
使我在爱情中节节败退
为正义的理由　他要继续杀人
祖国大地
只有骑手在风暴中横冲直撞

故乡彝良
是他转战三千里的来路
他的归途
在军歌割去麦子的北方

马背上的将军
马革裹尸　埋葬在他开辟的战场
又被他打散的队伍
刨出　吊在村口的大树上射杀
那是我生命中最疲倦的一部分

生前不能忍受的屈辱和残暴
注定在死后发生
威风凛凛的英雄
孤独的王
半世的功名　爱与死的歌唱
都被时光打磨成石头
为了掩盖灵魂的伤口
不知要多少花朵和草叶

我一生守候　两手空空
梦见夜空的马蹄踏落的星光
落在他旧居的屋檐下
一块红布
包不住血写的家书
在这失去梦想的年代
我忘了修房造屋
只想将悲壮的诗歌
打造成他的左轮手枪

1996.01.21

# 与轩辕轼轲说起罗炳辉

在江油最初的晚餐
我与同桌的轩辕轼轲
说起罗炳辉
从云南到山东
从国军到“共军”
从奴隶到将军
没有当过逃兵
没有吃过败仗
没有回过家乡
喜欢左轮手枪
喜欢打鬼子
喜欢打油诗
官越当越小
脾气越发越大
身体越累越胖
有戴宗的绰号
有关羽的传奇
有三次婚姻的悲欢

为什么我要与轩辕轼轲
说起罗炳辉
因为罗炳辉是我的彝良老乡
将军的忠骨
就埋在轩辕轼轲写诗的临沂

2015.04.27

# 再写罗炳辉

我与罗炳辉
都出生于彝良的山村
罗炳辉离乡从军
成为著名的将军
我坚守彝良
只能做不著名的诗人
罗炳辉早在 1930 年
就见过毛泽东
我虽然没有见过毛泽东
但我在家乡的纪念馆
见过毛泽东给罗炳辉的一封信
罗炳辉却没有见到
因为那是 1946 年
没有电子邮箱
也没有特快专递
当张云逸带着
毛泽东叫罗炳辉留得青山的草书
还在半路奔走

躺在前线的罗炳辉已经永垂不朽
将军在战争中的分量
恰如中共中央的唁电所言
“罗炳辉同志的病故
是我党我军与我国人民的
重大损失”

2011.12.02

# 英雄与大师

徐洪刚在家乡彝良上学时
就懂得尊重有学问的人
所以他前几年到北京
最想拜望的是季羡林
当他走进 301 医院
大师的慧眼很快就认出
当年在北大作过报告的英雄
唯一的差错
是他向英雄赠自传的签字
把徐洪刚的刚写成钢铁的钢
但大师毕竟是大师
他马上又改成阳刚的刚

2010.12.11

小芳

# 卷二

# 美人

## 与萧红书

为什么我要幻想
在天上飞来飞去
生逢乱世　饥寒交迫
依然把浪漫当食物
就像风吹寒冬　旅馆
陷入去年的大雪
在冰冷的世界　你用孤独
留住我的孤独
我和你相互取暖　日久生情
火焰从东北一路向南蔓延
命中注定　我和你的纠缠
是文字与枪　是挣扎和绽放
因为像酒鬼饮酒一样饮你
我可以改名　与你同姓
然而爱情和婚姻
不是两人合写一部小说
生活破碎　现实残忍
那通往黄金时代的幸福

比远方更远　比嚎叫更绝望
大敌当前　书生也是英雄
亲爱的　就算你用仇恨
从我身上撕裂所有的恩爱
我也要为祖国擦枪走火
直到躺在呼兰河的涛声中
脸上覆盖你的萧萧落红

2014.12.02

# 张爱玲致前夫

我不曾想到
为你绽放 1944 年的春天
我就低到尘埃
如同奢华的城市
沦陷于猛烈的炮火
你从汉奸到通奸
仅一步之遥
我从倾城的爱情到婚姻
却耗尽一生
我即使乘坐民国的火车
也追不上你的逃亡
来不及了
无论伤与痛
残缺与完整
你都不懂我的孤独
尽管我已经像挣脱旗袍一样
挣脱与你拖泥带水的时光
仍然会在回不去的远方

在落英缤纷的清晨
在泪水成灰的午夜
想起你的沧桑和寒酸
你哪怕隐姓埋名
才华用错
放浪人生
我都对嫁给你的 720 天
恨得要死
爱得要命

2015.01.01

# 嫂子颂

在时光流逝的风声中
朦胧诗的皇后
从她亲爱的祖国的东南
降落我居住的彝良

我觉得我的很多诗
抵不过她的一首《墙》
所以很少与她说话
但她却与我混为一谈
说有人告诉她
我长得像她老公
所以才来彝良

她就是从前的龚佩瑜
后来的舒婷
由于她的男人与我同姓
我一直叫她嫂子

2005.10.05

# 见海男

在昆明
我没有见过又最想见的两个人
一个是舞蹈家杨丽萍
一个是女诗人海男
据说这两个人都很不容易见
由于我与海男
在上个世纪就有书信往来
并且至今还经常通电话
要见她肯定比见杨丽萍容易

前不久我到昆明
果然见着了海男
在东风西路
她美得像她印在书上的照片
神交已久的海男
不仅请我吃火锅
还送我一件衬衣
我们坐在一起

尽管我说话快
她说话慢
仍然像旧友重逢

临别时
海男在她写的一本书的扉页
写了一句话
“喜欢你的诗和人品”
我虽然高兴
但是
她如果省掉最后一个字
我会高兴得
分不清东南西北

2006.03.05

# 我被贾薇出卖

我生活在离昭通不远的小县城
一天天面目全非

在某些人的心目中
我虽然一钱不值
但在贾薇创作的油画中
我的肖像却被她
以 400 马克的成交价
卖到德国

我暗自高兴
此生也许无法离开祖国
但我的模样
已成为老外的收藏品
此刻正悬挂在遥远的欧洲

我如果有遗憾

就是贾薇在出卖另一个我的时候

我没有帮她数钱

2005.05.02

# 致青春

我在县报当记者的 1996 年
发现她一步一个脚印
跋涉在洛泽河畔的穷山恶水
由于她漂亮
就让她倚在破烂的牛圈门口
拍了几张留住青春的照片
我当时没有想到
这个到乡村锻炼的女大学生
这个热爱文学的苗家姑娘
现在会重返我的家乡
当最美的县纪委书记
我翻当年为她拍的照片
始终没有找到
直到最近搬家
翻箱倒柜清理书籍
才在一个旧信封中
搜出她的花样年华
岁月悠悠

美人依旧

就算今昔对比

革命人永远是年轻

2013.07.12

春风吹进村口

# 全国青创会

本来已经翻篇了的往事
又被一个发言的女作家
毫不相干地打开我
1980 年代的爱情
因为她与我的初恋女友
同名同姓
她的芳名
与摘掉我童男子帽子的
初恋女友
一字不差

2018.09.22

# 美人如玉

这首诗中的美人
现在已经开车穿过昆明
在世纪城金源购物中心
万尚百货一楼
玉树临风的
是她超短的裙
她的店名叫天赐玉颜
恰如她的脸
在翡翠的光芒中
温暖春天的城市
她的眼镜
是心灵的防护窗
关不住滇池的秋波
你如想玉佩在身
或守身如玉
就靠拢她玲珑剔透的柜台
那是她怀抱的宫殿
你要是读到这首诗

她就会用好的心情
向你讲起我的老家
因为她两岁时
随母亲从城市下放到乡村
山里的麦穗和牧歌
滋养了她如玉一样纯真的感情

2012.12.04

# 寻张德敏不遇

秋天不凉　大地上的人民
继续热火朝天
号称秋城的昭通
是一个很旧的地址　一堆很新的建筑
以雏菊为微信昵称的张德敏
是一株多年生草本植物
抖落宋朝的脂粉　头戴菊花的铜冠
返回只剩下美貌的当代
露出昭通女子的傲骨和声音
即使秋风萧瑟　也吹不灭
她东篱下的英姿
知识赋予她的好处
当然是懂得天地之大和己身之小
并对世间万物充满敬畏和感恩
我在她的出生地
以师父之名　偕同她的师母
拨 134 开头 7557 结尾的手机号
约她把酒话诗　顺便叙述和倾听

天上和人间消息

事不过三　我连拨三次她都没有接听

我以一个口语诗人的想象抵达本质

一个不十分依赖现代通讯的女子

要么正携带孩子买菜　逛省耕公园

让充满尘世喧嚣的手机足不出户

要么正在游泳池洗尽铅华

还原成一朵刚开始命名的雏菊

而她的手机　还躺在更衣室

或者她正奔赴彝良县洛旺中学的路上

她太困了　手机铃声

肯定叫不醒一个从不装睡的女子

2019.08.25

# 邻居家的保姆

她常抱着邻居家的娃娃
来我家要酱油或味精
由于主人家中的麻将声
超过了电视剧的音量
她只好把每晚的黄金时间
转移到我家客厅
与我的媳妇一起
准时收看《情深深雨蒙蒙》

这个长得像林心如的女孩
这个不喜欢诗歌的女孩
这个不看“新闻联播”的女孩
这个喊我叔叔的女孩
我不知道她叫什么名字

半年后

她穿着邻居家女主人穿过的
不太合身的短裙
跟着一个手拿矿泉水的男孩
上了一辆直达昆明的卧铺车

2002.03.24

# 杨梅

杨梅是一中十年前的校花
和 1986 年的文学爱好者
她的身段
像她的钢笔字一样瘦长
她不太整齐的牙齿
只有笑的时候
才会露给大家看

我曾经与杨梅称兄道妹
后来又互不来往
直到她远走高飞
就没有她的任何消息

我现在如果要见杨梅一面
只有去县城那家老照相馆
她 16 岁就被放大的美
还在镜框里
那时她还不太丰满

所以镜框的玻璃
至今仍未开裂

我是一个怀旧的人
真想再次与杨梅邂逅
顺便告诉她
活到这个年纪
大家都不可能再有敌人了

2002.09.15

# 驻校诗人

其实驻校诗人
不仅首都师范大学有
我的母校位卓小学也有
而且是个女的
我的老家就在位卓小学前面
那天我回老家
发现一个背着娃娃的美女
站在路边看邻里乡亲
为我的父母修房造屋
开初我还以为是回乡的打工妹
或者哪家的儿媳妇
我厚着脸皮搭讪才晓得
她是位卓小学的老师
鲁甸的
叫李丽萍
写抒情诗
认得沈沉和丁世新
我想要是她下个学期调走了

建议王静伊雨儿魏定会
还有张德敏刘忠秀
都分期分批到位卓小学
当驻校诗人
我保证每个周末都回老家
煮腊肉推豆花招待她们

2018.10.22

# 咏梅

气候逐渐冷漠
姓梅的女子
从出身诗歌的寒门
露骨地打开
比命还薄的红颜和心事
为我守身如玉
枝头的雪花
包裹不住丰满的磁器
因为她只有在降温的夜晚
才能解开风情
和冰清玉洁的想法
仿佛柔媚无骨的美人
居住在遥远的江山
为了许我一个春天
已经灿烂成冷艳杀手
用她翻出墙外的暗香
消灭我的英雄本色

2012.12.26

# 天上人间

牛郎织女最忠贞的爱情
是洗澡洗出来的
自从王母把织女调回天上
牛郎在人间
就吃尽苦头
不仅要放牛和种地
还要辅导子女的作业
好在子女都喜欢《三字经》
不玩电脑游戏
将来考北大清华没问题
最令人感动的
是牛郎与老婆天地分居
一年只有一天的探亲假
始终在隔着一条河的思念中
坚守婚姻
不找小三

为了一年见一面
没有直升机和动车
即使走路也要从喜鹊的背上
抵达七夕

2011.08.09

# 天使之歌

我带着疼痛和剩下的想法
坐上记忆的马车
返回多年以前的春天
寻找储存的温暖和慰藉
传说中的天使
携带桃花的芬芳
和药物的气息
用 X 射线的眼睛
照出我忽明忽暗的前程
她随风起舞的白衣
是一座可以包容我的医院
在她怀抱的两间病房
我用诗歌和音乐疗伤
好事情越来越近
坏运气渐行渐远
她藏在口罩里的

超凡脱俗的笑声
是我的无病呻吟
和难言之隐

2011.05.10

# 花房姑娘

我穿越被雨水洗过的
天空和云朵
降落你乱颤的枝头
刚好晚点
请你放心大胆地
打开害羞的花瓣
我要收敛飞累的翅膀
得寸进尺的
投宿你的花心
不要阻止我的歌唱
只有你的香艳
才能包容我的疯狂
温暖我寒冷的灵魂
我要在你怒放的火焰中
日以继夜地采蜜
让你真正感觉到

我放肆的动作
即使重复一千零一夜
都有新的美妙

2007.06.13

得闲——唱个甚

# 米

择水而居的村姑
一个季节就长成
害羞的小家碧玉
田是她扬花的闺房
拖泥带水的草裙
在她温柔细致的腰上
吹拂风调雨顺的民间
当灌浆的秧歌
扭过农耕时代的阡陌
稻谷就是她黄金的嫁妆
谁用婚姻的镰刀
娶她回家
她就为谁守身如玉
成为一个人的基本口粮
只有在饥饿的日子
她才无法阻止
有人为她梦中碾米
顺便去粗取精

脱去紧身的壳

捧着她雪白的身子

用反复朗诵的自来水

淘出纯洁的精灵和芬芳

将生米煮成熟饭

2015.01.15

# 克里斯蒂娜女王

一座宫殿有一间牢房
一场风月有两种悲剧

深深的孤独在镜子里
是一辆奔驰于肉体内的马车
在两个国家的结合部
火焰使她的精神旅程
一发不可收拾

在爱情的尊严面前
权力的火焰早已黯然失色
多少人梦寐以求的事业
被她轻易放弃

她从金发上摘下王冠
如同从瑞典的骨头里
取出白银打造的斯德哥尔摩

如同罗马假日撕开
魂断蓝桥的伤口

尽管西班牙的眼睛不再睁开
花朵依然向悬崖飞去

1998.12.13

# 普吕东名画《约瑟芬皇后像》

拿破仑还在远征
你将你欧洲十九世纪的身材
斜靠在马尔梅松城堡的花园
等谁

你就是花园中的花
约瑟芬
当午后的阳光
照在你那张纯洁的脸上
你更像你的女儿

你那件无领的轻纱长裙
使你那丰满的胸脯
像法兰西帝国一样
暴露无遗

黄昏了
我看见你焦躁不安地

用手挠头
我看见你不断侧耳倾听
可能会从树林里传来的脚步声

约瑟芬
忧伤的皇后
我希望你等的那个人
今晚不会来

因为这样我就可以走向你
一边听你诉说
一边掀开你翻盖在膝头上的
那条红色镶边的大氅
用滑铁卢一样的枪声
消灭你旧式宫女的贵族气

1993.09.02

# 阿赫玛托娃

她是白银时代绽放的向日葵
如同语言的魔法师
美得有炼金术士愿为她去死
而那个为她燃烧和寒冷的前夫
果真被歪道理处决成正义者同谋
当大清洗的洪水
把一代人卷进封锁自由的监狱
她已经丰满成整个俄罗斯的母亲
她浪漫的悲歌
她怀孕的雷霆
她高于杨碧薇的颓荡
是与伏尔加河背道而驰的三套车
安娜·安德烈耶夫娜·阿赫玛托娃
一个把诗写成罪名的美人
一个活成前苏联判决词的美人
一个被投机者剥掉尊严的美人

一个长颈鹿般舞蹈的美人
从莫斯科郊外的晚上升起的
是 F 罩杯的俄罗斯月亮

2017.07.20

# 云南映象

在昆明海埂会堂开省文代会
我的目光从手中的会议材料
扫描到主席台
终于捕捉到舞蹈家杨丽萍
我以前只在电视上
看她跳《雀之灵》
和在《射雕英雄传》里
打江南七怪
远在天边的女神
此刻近在眼前
真的小鸟依人
真的雪肤花貌
真的瘦不盈握
我立即产生了与她合影的想法
等到开幕式结束
领导刚刚离开
我就按捺不住激情跑上主席台
由于担心与她合影遭拒

我就请示站在她附近的
省文联副主席缪开和
这个多年前的老朋友
向她介绍我是著名诗人
我心想我不著名
否则就不是我找她合影
而是她找我同框
拍照后
我本想握一下她的纤纤玉手
发现她长长的指甲
有点像梅超风的九阴白骨爪
只好缩回如周伯通

2019.12.20

# 宗庸卓玛

在开往海埂会堂的大巴车上
我问坐我身旁的尹马
宗庸卓玛会不会出席会议
他示意我说话小声点
然后悄声告诉我
宗庸卓玛就坐在后排
我是歌盲
只知道宗庸卓玛的名字
不知道她的长相
我赶紧扭头巡视
宗庸卓玛一点也不中庸
她的个子是青藏高原
她的声音是香格里拉
她是文联兼职副主席
我是文联专职主席
她是省文联
我是县文联
她唱歌高调

我写诗低调
她唱歌要钱
我唱歌要命
呀啦索

2020.01.04

# 镜中

开春了
她仍然住在镀银的宫殿
为别人宽衣
为自己解带
一天天睡成慵懒的美人
偶尔也被三寸金莲
从深闺抬举到牡丹亭
伸出打起灯笼找碎银的纤手
朝花夕拾
暗撒闲抛
或者移步郊外踏青
张开被落难公子用喘息
封过的樱桃小嘴
吸风饮露
状元远在天边
书童近在眼前
她绕过厅堂
将昨晚捉的萤火虫

关在今夜的西厢
为打马归来的征夫
制造病榻上的星空
欢娱多雨
寂寞漏风
她面对时间的镜子淡妆
然后读云中的锦书和风月
直到把自己读成
宋词中的反面人物

2020.03.15

# 春词

在时光的背面
一只猫叫醒前世的春天
两条河叫醒今生的河床
燕子从异地空运过来的温暖
把一方山水描绘得顾盼生辉
春风管完婚姻　农业和家务的闲事
开始扫真相大白的门前雪
苍茫浮动云朵　鸟鸣和暗香
提刀卷走尘埃的壮上
打马返回莫名其妙的战国
朝秦暮楚　围魏救赵
从草裙的舞蹈中
救出诗经覆盖的疆土和房事
直到菜籽低眉顺眼开成黄花闺女
乱七八糟的雨才落成气候
书生穿过稀疏的明枪和密集的暗箭
从反锁的宫廷返回心动的民间
种豆得瓜　用桃花和运气下酒

季节一旦分开真假和好坏
乱点的鸳鸯也会戏水
闲话也会成全一段佳话
装睡的美人终将如好汉所愿
睡成下半夜
如同纸包的火
在枝头蔓延一发不可收拾的春天
如同嫁给闪电的石榴花打开结果
真的是和盘托出的樱桃

2020.04.01

# 樱桃

春风刺绣的花朵
是待字闺中的村姑
坐在人间四月天的枝头
试图用樱桃小嘴的抖音
干扰采摘蜜月的快手
命比脸薄的樱桃
娇气得经不住
一夜大雨的折腾
胆小得即使笑
也不敢露出牙齿
谁路过她
谁就会垂涎三丈
守身如玉的樱桃
由于相聚太短
等待又太长
就算她酸溜溜的
向树下的人许诺
尝鲜还有来年

树下的人宁可
咬痛她怀抱的玲珑剔透
也不愿错过
已经到手的甜

2020.04.18

下乡

# 卷三

# 江山

p 083 / 122

# 到永平

你最好从古代出发
带着兵器农具
和马帮的铃声
到大理州以西
把博南山走成比远方更远的古道
在澜沧江东岸
无论你是征战的士兵
还是流放的状元
都是永平的亲戚
在缅桂花一样芳香的风俗中
你可以逢山开路遇水搭桥
用汉朝官话和各种方言
开垦辽阔的边疆
一个驿站借宿一夜爱情
一个渡口渡过一段婚姻
如果你想安居乐业
每天用黄焖鸡下酒
就赶紧找一个杉阳美女

她会为你放牧牛羊
种植漫山遍野的核桃和诗歌
即使你躲进皇上都想去的宝台山
头枕古刹的钟声
她也会闯入你的梦中
为你灿烂成树上的莲花

2012.07.03

# 原平梨花

她们姐妹成群
在山西以北的村庄
用缠绵细致的风
把花朵和心情绣上枝头

她们在雨中灿烂的素颜
如同处女清白的名声
就算醉酒的诗人
除了吃山西的醋
也不会产生吓哭她们的想法

我路过她们的细腰
仿佛遭遇昨夜的大雪
直到我在暗香中迷路
才敢吻她们脸上的雀斑

要想知道梨子的滋味
就必须亲口品尝梨子

看来我只有等她们怀抱的酥胸
白成酥梨
今年春天开给我看的原平美人
才有结果

2012.04.25

# 在昆明听雷平阳谈牛街

我在昆明开会的头一天
雷平阳请我去翠湖边喝茶
他谈起我的家乡彝良
就眉飞色舞
他说有一年他跑到牛街古镇
让他吃惊的
是《牛街镇志》的打印稿
由于牛街人不借给他
他只好摘抄了白水江边的
一鳞半爪
他告诉我
昆明西山的“龙门”两个字
是一个姓毛的牛街人写的
他还告诉我
从前有一个牛街人
把两个女儿送到英国留学
带回了斗牛的洋玩意
我孤陋寡闻

只晓得牛街盛产美女
对雷平阳的见闻
我还是第一次听说

2005.05.10

# 建水谣

这里的雨缠绵细致
这里的水源远流长
这里的桥越过越老
这里的钟越敲越亮
这里的微风烧透豆腐
这里的阳光照高城楼
这里的花园姓朱
这里的庙宇姓文
这里的狮子是糕
这里的鸟窝是酥
这里的窑怀孕紫陶
这里的洞栖居飞燕
这里的铁轨能运送边疆
这里的女子能安放心灵
这里这里
是漂泊者最后的故乡

2014.08.20

# 袁滋摩崖

说的是唐贞元十年
袁滋受皇上委派
到李智红的家乡大理
任命异牟寻为云南王
由于当时还没修内昆铁路
他只能骑时速 20 码的马
从首都长安
历时 3 个月才踏入云南
在盐津的石门关
踩着只有 5 尺宽的二级公路
他不喝庙坝白酒
也不找樊忠慰谈诗
仅仅在悬崖上用楷体和篆书
发一条微博
成为他后来写《云南记》的开篇
只有目击那些深刻的文字
才能读懂大唐与南诏

2013.11.06

# 再写悬棺

在我的故乡滇东北
有很多悬棺
装着一千多年前的尸骨
我只要抬起头
就可以看见
尽管悬棺
像养蜂人的蜂箱
安放在悬崖
我以前仍然自作聪明
学一些诗人
用悬棺抒情
现在读来太假
因为悬棺
就是悬崖上的棺材
说白了

就是僰人的

先人板板

2004.08.01

# 翠湖公园

我仗剑浪游
从古籍窜到昆明城的中间
传说中的美人在一首诗中复活
她刚跑出漫长的睡眠
就找到我不敢携带的想法和野心
风吹雨打地褪下荷叶
露出万种风情的长堤

我的目光梳乱了柳枝上的云朵
进入红嘴鸥朗诵出来的翠湖公园
仿佛末路的英雄
醉醺醺地回到丢失多年的故乡

一朵罂粟花打开整个春天
用火焰摧毁我的孤独
而深情的湖水
正缩紧一圈又一圈的涟漪
我已经听到聂耳拉小提琴的声音

淹没了短暂的欢爱
留下比大观楼长联还长的忧伤

我从此将放弃做天上的游客
正如被昆明城搂抱得喘不过娇气的
翠湖公园的花朵
哪怕只是瞬间的开放
都够我用一生的时光去想

2007.05.06

微风

# 大理

在云朵下的城堡
我是自己的国王
房前打铁屋后种花
顺便举起洱海
对饮成三人
直到三人站成三塔
我才打马西行
走极端瞬间就翻过保山
然后从梦中
返回一首白族民歌
头戴云南驿的金冠
剑川在左永平在右
我的幻想是小河淌水
也许还没抵达丽江
就开始艳遇
因为我怀抱的不仅有苍山
还有铺天盖地的风花雪月

2012.08.04

# 在罗平地质博物馆

如同置身神话色彩的故事里
我和一群活着的作家
隔着冰冷如水的玻璃
看出土的古生物化石
那些仿佛是人工雕刻的史前族群
正在时光隧道的出口
抱着大树的遗骸　跳图腾之舞
这是云南东部的罗平
我一目十行　阅读
岩缝中的蛛丝马迹
和最初的鱼翅和熊掌
惊叹　这才是
真正的处女诗人写的处女作
直到沧海冲毁桑田
老人回炉成婴儿
我的耳边才响起柯平的警句
“比权力更强大的是生命
比历史更公正的是时间”

这才是原装正版的罗平文化
与多依河的水车
和从农村包围城市的
100 万亩油菜花
交相辉映
当我的昭通老乡胡性能
走出展厅大门
我还在凝视石头里昏睡的花朵
像一个抑郁症患者
发呆和想不开
真的　我好想脱掉牛仔裤
高举用打火机点燃的火把
冒充打猎的英雄
闯入 2.5 亿年前的罗平
看飞鸟和海浪上汹涌的森林

2016.10.23

## 西出大姚

我在风吹长裙的春天
打马抵达你的二月初八
尽管我知道遇上你
就彻底倒进你的羊肉汤锅
我仍然要采摘大把的马樱花
插满你乌云般的秀发
做你的头绾包头布的情人
亲爱的咪依噜
今晚我是把你唱到天上的杨森
我我我真的醉了
咪咪依依噜噜
火焰正在核桃树上蔓延
我不仅要偷吃你藏在怀里的
两个苦荞粑
还要用一杆热气腾腾的铜唢呐
在被彝语包围的昙华山
为你吹出天籁
吹出源远流长的《梅葛》

直到江水涤荡尘埃
岭上的百草
长出新的史诗

2014.03.13

# 镇雄抒情

你的大地大得我
无法走遍你大起大落的山水
我只有站在雄鸡一唱
云贵川都听得见的高处
才能看见芒部的沧桑
和宝石一样
镶嵌在乌蒙高原上的县城
我穿州过府
沿着当年那支红色军队
用回旋战踩出的道路奔走
慢慢靠近你的大雄古邦
像酒鬼见着云赤酒一样
饮你用以勒方言打开的茶花
醉在赤水河的源头
醒来看见的
是你描绘的可以栖息心灵的
乡村画卷
山歌从天上飘过

每一缕微风
都散发出酸汤猪脚的味道
在云南人口最多的县
我看见的不仅是
改变命运的 160 万双手
还有你的乌峰一样
坚忍不拔的意志和精神
你的遍地顽强生长的
庄稼和诗歌

2015.01.02

# 谁不说家乡好

看了五分钟的云南一天
除了刻意美化和标的时间码虚假
居然没有昭通
比如一个农妇在小草坝挖天麻
一群老外在大山包翼装飞行
一对情侣沿着五尺道走过豆沙关
可惜这样的画面被咔嚓
难道昭通挨着四川和贵州
就不是云南的儿
假设没有昭通
云南就称不上乌蒙磅礴
云南就称不上金沙水拍
云南就没有蜀王杜宇
大理就收不到朝廷圣旨
云南就空缺民国主席
云南就不是卢汉起义
云南就没有 60 军共赴国难
罗炳辉就不算云南的军事家

姜亮夫就不算云南的国学大师
云南就少了两个鲁奖
甚至有一个叫朱德的元帅
不冒充昭通人就考不进陆军讲武堂
因此云南一天剪掉的不是昭通
剪掉的是
锁钥南滇和咽喉西蜀

2017.02.14

# 彝良地震之书

彝良我的出生地
我栖居的高山和峡谷
被闪电揪心裂肺撕破脸
我的怀抱河流的村庄
与大风吹过天空的石头一起
痛得打滚
曾经我觉得灾难离我遥远
现在才知道自己置身其中
每一间房子每一棵大树
和惊飞的鸟群
甚至洛泽河的波涛
都是反复折腾的余震
我收起泪水藏起哭声
攥紧妻子和儿子
露宿在越来越黑的云朵下
我即使在天亮之前睡着
双膝仍然跪在梦的外边
与那些长势良好的姐妹一起

祈祷家乡美丽的山水
不再冲动和摇晃
现在我只有一个叫彝良的亲人
他还要在废墟上修房造屋
种植庄稼放牧牛羊
用山茶花一样芬芳的民歌
养育更多的英雄和美人

2012.09.09

# 中国境内最短的一条江

不是珠江
不是鸭绿江
不是乌苏里江
不是雅鲁藏布江
是云南省彝良县的白水江
它从贵州省赫章县毛姑发芽
从东南一路向西北
流经彝良县的洛旺乡柳溪乡牛街镇
在盐津县柿子坝与横江同流合污
然后与长江混为一谈
形成自己的流派
白水江流程只有 27 公里
流域面积 4268 平方米
河床平均宽 80 米
流量每秒 78 平方米
支流有
小干溪中厂河甘家坝苏家溪水果河
田黄河麻园河文角沟蛆坝沟寡母沱

黑流溪马路沟毛家沟红岩沟巴茅河
黑水河朱家沟
白水江边
有千年古镇
有浆声灯影
有后庭遗韵
有说四川方言的英雄美人
再短
毕竟是江

2017.10.13

# 双柏吟

1

在哀牢山以东
每一个彝家姑娘
都身穿金沙江和红河的长裙
怀抱丰满的鄂嘉古镇
你如果摸了她们蓝莓一样的
风情和秘密
你就是跳老虎笙的情人
你就别想离开双柏

2

你如果有烦恼和心事
就来山中的双柏
在李方村爱一个美女
用插秧演奏稻田的丰收
用回锅鸡下酒

用带妥甸酱油味的山歌
放牧蓝天上的牛羊和白云
等到月光铺开查姆湖
你的年华和传说
就会流淌成新的创世史诗

3

你如果爱双柏
双柏就在楚雄州的路口等你
这里的剧是彝剧
这里的节是火把节
这里的茶是白竹山
这里的本草纲目是《齐苏书》
这里的石碑是镇宁裔上
这里的女人是马樱花
这里的男人是荞麦酒
这里的县长是诗人

2015.08.08

# 水经注

长江的源头不叫长江
叫沱沱河和通天河
同样
长江水拍昭通境内的
巧家永善绥江水富
也不叫长江
而叫金沙江
因此绥江的马志明说
长江在绥江东转
应该是金沙江在绥江
东转
或者是长江上游在绥江
东转
如果硬要把金沙江叫长江
那么发源于威宁草海
流经彝良县城边的大河

不叫洛泽河

叫太平洋

2017.05.19

# 在网上与刘琼聊新疆

刘琼在克拉玛依的油田
写带有湖南血统的边塞诗
我告诉她
多年以前
我就在歌声中知道克拉玛依
1987 年我的青春小鸟
还飞过石河子的兵团
感觉新疆
辽远得让人绝望

2013.07.01

得闲

# 我在彝良等你

我在山脚种菜

我在山顶放牛

我在房前春播

我在屋后秋收

只要听见去年的喜鹊

在今年的核桃树上叫

我就用砂锅煮腊肉等你

用石磨推豆花等你

用柴火烧洋芋等你

用天麻炖土鸡等你

等你和我

用折耳根下包谷酒

醉了

我就和你

把张家女嫁李家儿的龙门阵

从开门见山

摆到关灯睡觉

2020.03.04

# 牛街古镇

从镇雄逃亡到盐津的白水江
翻开彝良的高山和峡谷
如同在云南说四川话的大风
翻开雷平阳摘抄过的牛街镇志
江南和江北
头戴青瓦的王冠
身穿岑宫寺和万寿宫的霓裳
用马鞍山的铁索桥拔河
从 1936 年纠缠到今天仍不松手
天麻和笋子
从盐商拜过的码头顺水推舟
填满现在叫宜宾的叙府
明清的花楼
在飘摇的风雨中
早就春梦无痕
只有四合院里的水井
还在用浪花朗诵民国的事情
只有青石板上的马蹄印
还回响马帮遥远的铃声

从天上看牛街
白天是陈守仁的微雕
夜晚是乌蒙山的小香港
巷子里涌现的一个又一个美女
不仅春暖花开
还弥漫桐子叶粑粑的芳香
她们像吊脚楼一样
把最好的年华伸进江里洗脚
当细鳞鱼从她们的脚背
游到端午节的钵里
哪怕你是过客
都愿与时光一起留下来
把生活的忧愁和欢乐
酿成菜籽沟的玉米酒
灌醉风平浪静的日子
牛街人确实了不起
就连昆明西山的龙门两个字
都是牛街秀才毛以亮古朴的楷书
怪不得到过牛街的人
会使劲喜欢牛街
甚至用余生的竹竿划着竹筏
在白水江上练毛笔字

2020.04.15

## 流水

高过老家瓦房的流水
无论如何往低处挣扎
都拔不断透明的根须
流水原本直来直去
是山沟迫使转弯抹角
流水没有过不去的坎
在很多时候
流水都安静如装睡的村姑
就算抒情也是浅唱低吟
只有面对走投无路的断崖
才如老虎大声朗诵月光
形成天上的流派
流水带着树叶私奔的村庄
是春风点燃的花朵
可惜花期比蜜月短暂
流水比峡谷漫长
流水年年搬运过期的花朵
哪怕香气返回今年的枝头

都只能是目击者的假设和隐喻
不穿衣裳的流水
用赤裸裸的浪花怀孕蛙声
除了在雨季发点小脾气
都低调如笛孔漏出的牧歌
常在河边走的人
过河拆桥的人
可以竹篮打水
也可以浑水摸鱼
甚至把流水的名声弄脏
却无法在流水的乳房上
留下满有把握的痕迹
一切都会过去
流水脱掉沟边的青草和昆虫
用扬花的水性
带走源头和少女的光阴
只剩一追忆就伤感的往事

2020.03.25

微风、起舞

# 卷四

## 老家

# 母亲的微信

她的朋友圈是父亲

晒的是太阳

删除的是杂草

拉黑的是 15 瓦的灯泡

分享的是手动养的肥猪

她始终用锄头点赞庄稼地

她太老了

随时都可能把我屏蔽

她在的群

年轻人过完年就退了

里面只剩一条刚链接的水泥路

聊天的

是放牛的老人和上学的小孩

她在的群

叫彝良县角奎镇位卓村

2017.10.01

# 再写母亲

每次她从老远的乡下来县城
都要给我背点洋芋　南瓜　海椒
其实这些东西
我花十块钱　就可在街上买一袋
不是我嫌它们太乡土和廉价
我是心疼她那么大年纪
好不容易种出二十四种以上的植物
我真的不忍心母亲佝偻的身子
进城看儿子还要加重负担
我也知道　除了这些
她再也拿不出别的慈爱
所以　它们比黄金还珍贵
看见它们　我就看见她的命
一个洋芋　一个南瓜　一个海椒
都是她用命种出来的
只要粮食和蔬菜还新鲜着

我的母亲　就活着

并且在山坡上累着

2007.08.01

# 向狗致敬

我的父母养了一条狗
白天拴在门前的梨树下
夜晚牵进屋
尽管它小时候没见过我
但我偶尔会回趟老家
次数多了就认得我
知道不是外人
看见我顶多叫一下就不再吭声
它现在虽然老了
仍在看家
与我的父母相依为命
我最近回老家看父母
看见它向我点头我就想流泪
因为我远离父母
内心荒芜
是它在冷清得如坟地的山村

陪伴我年迈的父母

仿佛我的投错胎的亲兄弟

2012.05.07

# 打工妹回乡

有的带着现金
有的带着活期存折或卡
有的带着夹杂方言尾巴的普通话
有的带着《知音》和《江门文艺》
有的带着话费余额只剩 3.7 元的手机
有的带着美过的容
有的带着牛仔裤绷紧的下半身
有的带着洗头的手势
有的带着一发不可收拾的毒瘾
有的带着难言之隐的炎症
有的带着办农家乐的想法
有的带着嫁矿老板的迫切心情
有的带着广东黄脸婆的老公
有的带着不知谁才是亲爹的小孩儿
有的什么都没有带

2007.05.09

# 家居峡谷

家居峡谷的人
打开门也看不远
山就是路　水就是桥
太阳是一只旧电筒
刚从他们的头上晃过
就不亮了

他们在这种地方过日子
闷了　唱山歌也不管用
因为歌声还没有拐弯
又被悬崖弹回来
他们只能把属于他们的日子
一天一天地持续下去
砍柴烧火　挑水煮饭
哪怕头上掉下房子大的石头
也不搬家
只要河边的青草上

还有一件没有晒干的花衣裳
这里就还有爱情和幻想

家居峡谷的人
使出一生的力气
也无法把峡谷逼退半步
使天空再宽一巴掌
看一回完整的月亮
他们在这种地方过日子
从儿子过到父亲
从姑娘过到媳妇
感觉不出任何压抑

1995.12.17

## 老家

宽肩膀的山
流着苗条的水
桃花一笑　白云都是粉的
鸟不唱民歌　狗不咬熟人
半夜鸡叫
我和你用不着黎明即起
风雨会帮忙打扫庭院
我和你最好睡到日上三竿
才将宽在床头的衣穿窄
将解在床尾的带系紧
我用吹火筒将干柴
吹成烈火和炊烟
你用绣花的手
端锅在我的灶上烧
用不犯河水的井水
煮萝卜白菜
你尽量在豆花中加葱葱
我尽量在腊肉里放蒜叶

闲了　我带你穿过洋芋地

过河拆桥

挖折耳根下酒

一天　我向你一眨眼

就过去了

2018.04.06

## 农村现状

有力气的男人外出找钱去了
才长大的姑娘被劳务输出了
连长得一般的寡妇
也进城给人擦皮鞋了
老得掉牙齿的老家
只剩下年迈的父母
带着上小学二年级的孙辈
白天在去年的土地上
掰包谷
夜晚守着三间瓦房
和两声狗叫

2006.02.16

# 农村娃儿

哪怕爹妈老得从头弯到脚
哪怕收割后的土地还没有春播
他都要尾随打工的男女往外省跑

带着老乡到处漫游的手机号码
即使身上只揣有 100 块钱
即使扛着塞满腊肉的编织袋挤火车
即使到了大城市的晚上蹲屋檐
即使被坏人拉进很黑的社会
即使梦想在工厂的流水线上淌血

他也不愿做一株被豆藤缠在老家的玉米
枯萎得连婆娘都找不到

2007.05.16

## 疼痛

怀抱丰收和荒芜的乡村
是一个压得我喘不过气的旧名词

只要还有一口气
就无法从农业中抽身的农民
即使饥饿和病都睡着了
双脚仍然在梦的门口爬坡上坎
他们在太阳烧烤的天空收割
直到黑夜落在昏花的眼睛里
才伸一下腰杆
他们用比麦粒还多的汗水
浇灌了人民

即使一场暴雨
抢走了从他们粗糙的手掌上
长大的庄稼
他们也无法说出
一种寒风撕裂皮肤的疼痛

一种镰刀割破手指的疼痛
一种锄头挖进骨头的疼痛

我不知道除了用挣扎
还有什么字眼能代替他们的劳动
他们被浅薄的土地耗尽一生
然后被二十四节气翻耕成泥沙

他们是我不敢回避的乡亲
也是每个人都揪心的亲人

2007.05.05

## 我的父亲母亲

他们都古稀之年
现在还在乡下
还种着地
还养着猪
还吃着粗茶淡饭
每当我想起
好多没他们年纪大的乡亲
都见阎王了
就更加珍惜
上有老下有小的幸福
可我是个不能守着他们的
混账儿子
更多的是钉子钉进肉体的
牵挂和隐痛
他们一天比一天衰老
用一个不恰当的比喻
就像我最重要的诗稿
放在很少看见的地方

所以

每当我的手机在半夜叫唤

我就会紧张

2007.05.03

# 回乡偶书

空空荡荡的老家
只有过年
才被新鲜和热闹填满
在外打工的儿子们
不仅带回年货
还带回操湖南或湖北口音的媳妇
和他们异花传粉的小孩
没有媳妇的张二娃
也租了个四川的女大学生
哄骗老眼昏花的爹妈
隔壁杨家的女儿
我参加工作时还是一株禾苗
现在身材已高过秋后的庄稼
我多想把她穿在身上的
很紧的牛仔裤和很短的上衣
连同她染成棕红色的长发

写进这首诗中

由于本乡本土的

我不敢暴露她在发廊的真实身份

只好把她夸张成超市的收银员

2007.02.21

# 1960 年代的乡村

推豆花的磨子都生锈了
核桃树上的喜鹊
还在装聋作哑
小孩总盼有客来
父母才会做好吃的
城乡物质都匮乏
乡下更是有好客无好主
父母煮汤圆待客
不说煮汤圆吃
说烧开水喝
父母煮腊肉待客
烧时不说烧腊肉
说提块柴来烧
飞过茅草房的老鸹
要不了多久又张开乌鸦嘴
路过那个年代的乡下人
都知道死很简单

2018.02.05

# 在将军故里

偏坡寨的外甥熊万波
房子就在罗炳辉家坎坎脚
他办酒那晚
请我这个舅舅上红
按乡坝头的规矩
把红布拴在新郎的手杆弯弯上时
要说四言八句和喝酒
我搞不醒火
只好打胡乱说
“一张桌子四角方
新郎吃肉我喝汤
自从今晚拴过后
战地黄花分外香”
话音刚落就有人拍巴巴掌
我喝了两杯后
继续打油
“山对山来岩对岩
新娘洞房乐开怀
自从今晚拴过后
一枝红杏出墙来”

连新姑娘听了都笑得拜天拜地
我又喝了两杯
有点醉了就开始乱说
“一块红布三尺长
双手拿来拴新郎
自从今晚拴过后
生个娃儿的茶壶嘴嘴
比天麻秆秆还要长”
大家都夸我太有才了
我正准备把红布
拴在熊万波的手杆弯弯时
又有人出歪点子
要我喝四杯酒才脱得倒爪爪
我闷了一哈儿
顺口溜了几句
个个的眼睛都鼓成二筒
“战鼓擂来东风吹
老子已喝四大杯
红布拴在新郎手
我喝醉了走路要新娘背
哪个舅子再劝老子喝
请他提前去见罗炳辉”

2018.01.31

# 木匠父亲

挂着雨水的瓦檐下
蹲着我那磨斧子的父亲
一块沙石　磨去岁月的缺口
刀锋照出父亲从前的面目

父亲再也想不起
他在哪一件家具上出名
父亲　森林的刀斧手
在梦中遇见鲁班
在现实中大刀阔斧　砍断成材的树
用辩证唯物主义的锯子
将木材一分为二
他的年纪在木材的年轮上
伸手可触

正直的父亲
用尺子量出木材与家具的距离
用穿孔的凿子戳穿我学过的几何

我在他刨平的家具上看不见榫头
然而榫头作为家具的核心
早已深入父亲的日常生活
以人格的力量牢固我们的感情

父亲的苦乐和光华在哪里
乡亲们摆饭吃的桌　挑水的桶
以及姐妹们像样的嫁妆
被一层漆抹去斧凿痕迹
传统的父亲　日益古朴
工具会锈的
他最后打做的家具
是一口棺材

1992.03.23

# 父亲进城

工业的齿轮
咬着一块一块的耕地
父亲从山上下来
嘴上的烟才燃了半截
就踩着昭通的一只脚了

父亲　尖嘴猴腮的创始人
粮食的制造者和酒的消费者
扛着旧麻袋　大摇大摆地进城
很少有人看他
昭通只有三两个人认识他的儿子
他们不知道他是陈衍强的父亲
所以没有人和他打招呼

父亲走在昭通的街上
今天的昭通多了一个农民

父亲站在广告牌下
腰杆还没有挺直　显得很矮小
他看架电缆的人
看挤公共汽车的人
看排长队购物的人
他与我不一样
不喜欢看穿紧身裤的姑娘

父亲不识字
他在厕所的两道门前徘徊
直到有男人从左边出来
他才从左边进去
旧麻袋还压在他的肩上

父亲站在去年歇脚的地方
那间老屋已拆掉一半
周慧敏和刘德华背贴着墙
满面尘土

父亲放下旧麻袋　东张西望
找不着旅店
就去问一个看《昭通报》的老人

1995.05.01

# 父亲和苍井空

我回老家看父母

看见あおい そら在微博晒婚戒

就打电话告诉儿子

苍井空结婚了

儿子哈哈大笑

“苍老师结婚关我啥子事”

坐在板凳上喝酒的父亲

突然砸掉杯子破口大骂

“他结他妈的脑壳婚

老子反对”

我正纳闷

难道只懂包谷和洋芋的父亲

都喜欢日本 AV 女演员

我问父亲才明白

他耳朵不好

以为我说的苍井空

是把我表妹耍了又丢掉

与卫生院那个狐狸精勾搭的张永松

2018.01.09

# 清明节写给我爷爷的一首诗

在很旧的社会
也就是民国某年某月某日
您身患重病
年纪轻轻就丢下我奶奶
丢下我父亲大孃二叔
提前去了阴间
好在守寡的奶奶肥水不流外人田
在您走后不久就嫁给了您弟弟
为我生下了二孃三孃三叔幺叔
由于您睡在很远很远的大山里
我很少给您上坟
今天又是清明节
我作为你儿子的儿子
在县城想起子孙满堂的您
连社会主义都没有见过的爷爷
我的心里一片荒芜

2008.04.04

# 亿万富翁陈衍腊

堂弟陈衍腊
是三叔家的老幺
去年村里组织劳务输出
他被输送到津巴布韦修水电站
一个月就成了亿万富翁
前不久三叔摔伤
陈衍腊因离家千万里
就汇了 60 亿津元给三叔治疗
虽是巨款
仍不够交住院费
他只好又汇了 60 亿
三叔伤愈出院
共花掉陈衍腊 100 亿
主要是 60 亿津元
相当于人民币 3000 块

2017.11.10

# 老爹对儿子的训斥

你他妈出去打这几年工简直是打你妈老公
你在昆明不好好帮王燕家看商店还想打王燕的主意
你那样子要是王燕都瞧得起老子用手板心煎鸡蛋
　给你吃
王燕不干就算喽你杂种偏要找她妈做婆娘
这回好喽嚜你带起一个老婆娘回来过年
你家大舅和三婶还以为你带的是老丈母
她的岁数比你妈不在那年还要大我看见就泼烦
你把她拿给老子做婆娘还差不多

2009.02.08

望天男人

# 前些年

老家不叫位卓村
叫位卓大队
我有两个堂兄
大哥叫陈衍哭
二哥叫陈衍笑
陈衍哭是教书的反革命
经常被群众揪出来批斗
陈衍笑是造反的红卫兵
随时带头喊口号
他喊打倒陈衍哭
陈衍哭就真的哭起来
直到 1976 年以后才变成
陈衍哭笑了
陈衍笑哭了

2014.07.16

# 杀年猪

我的比老家还老的父母
每年都要在风吹雨打的疾病中
用马不停蹄的劳累
把两头荣昌猪
喂成云南肥胖的山村
宰杀的那天
我知道我回去吃的
是父母生命中剩下的时光
和时光中的喜悦
由于老家破旧不堪
每年我最多找两张小车
约几个不嫌弃农业的朋友
陪我到老家吃刨汤
在杀年猪的狂欢中
我承受的是土地的沉重
和父母加速的衰老

2011.01.01

# 老家往事

解放初期
乡亲们只见过
周区长用枪杀人
却不知道
王文书会用笔尖杀人
他表哥的死就出自他手
由于他表哥睡了他的姘头
他就用毛笔
把他表哥楷书成土匪
他表哥被公安捆走后
公安叫他表嫂
写保证将他表哥保出来
他表嫂没文化
就请他代写
他写好后叮嘱他表嫂
不要给别人看

他表嫂刚把保证交给公安

他表哥就被拉出去毙了

原来他代写的保证

是两个很锋利的字：该杀

2009.10.09

## 初中同学

刘不仅是我同乡
还是我的初中同学
毕业后回乡务农
讨了一个大口马牙的婆娘
生有一男一女
现在
儿子在浙江打工
姑娘在师专读书
刘以前非常老实
没想到后来会变成服刑人员
犯罪的原因
是前年春天
他的婆娘
跟一个在县城卖烤鸭的光头
跑到安徽
他怀疑是他大哥卖了大口马牙

就提起菜刀追砍他大哥

咔嚓一声

他大哥掉在地上的右手

先是伸大拇指

然后又握成拳头

2009.10.10

# 小二黑结婚

位卓村也有个小二黑
1986 年与刘三妹结婚
办喜事那天
他为了向乡亲们显示
他的亲朋好友之广
就在记礼金的本子上
做假账一样
用毛笔写了一堆假冒伪劣的
名字和送的金额
再在后面的括号里
标注他已经收了钱
有上海的
有山东的
有浙江的
有昆明的
甚至还有电影明星
比如在陈衍强礼币 5 元的下面
写上

唐国强礼币 50 元（主收）
刘晓庆礼币 30 元（主收）
陈冲礼币 30 元（主收）
李秀明礼币 20 元（主收）
陈佩斯礼币 20 元（主收）
林芳兵礼币 20 元（主收）
张金玲礼币 15 元（主收）
杨在葆礼币 10 元（主收）
不明真相的吃酒群众
翻看记礼金的本子
无不羡慕小二黑
都夸他的交际和人脉
超过了县上的干部

2019.02.09

# 寻人奇事

我的父亲问张永相
你看见云春儿的外婆没有
张永相说没有
我的父亲问黄永万
你看见徐富恩的岳母没有
黄永万说没有
我的父亲问陈衍友
你看见陈衍强的妈没有
陈衍友说没有
陈衍友急忙打我的电话
二哥
伯娘跟你到县城没有
大伯以为她上坡挖苕
去羊儿湾找没有找着
我突然难过地对陈衍友说
爸爸真的老糊涂了
他耳朵不好
中午我就大声告诉他

要把摔伤的妈接到县医院治疗
而且他亲自看见我
把妈扶上车离开老家的
你告诉他不要着急

2018.10.22

## 山居人家

一条岩羊和摩托奔跑的山路
把三间瓦房拴在坐北朝南的山中
炊烟升起乡愁的云朵
房前是身披大雪的白菜
屋后是吸风饮露的竹林
今年的阳光敲打去年的石磨
昨晚的月光洗亮今早的锄头
冷清的是搬家的蚂蚁
热闹的是伸出石墙的杏花
山茶开在立春的坎上
蜻蜓降落夏至的沟边
山歌扔进芒种的背箩
自从绣花的姑娘嫁成远亲
只有松林中的几堆坟是近邻
山中静下来的时候
包括从玉米地流到外人田的肥水
都像新媳妇一样轻言细语
如此空虚的日子在板凳上坐久了

除了与一只猫说话
想吵架都找不到过河拆桥的老乡
就算管张家顺手牵羊的闲事
李家顺藤摸瓜也听不见
只有在院坝溜达的狗咬
才知道不是舅舅来就是姨妈到
山中用忧愁和欢乐编织的生活
简单如砍柴的男人和割草的婆娘
过完坡上的白天就是床上的夜晚
不仅有风言风语吹过屋檐
还有说不出名字的鸟
在苍老的核桃树上奏响天籁之音

2020.03.13

# 谷雨

气候有来路必有归宿
就像谷雨降临
再寒冷的天气都会滚蛋
当温暖如期而至
被埋没的谷物遭遇和稀泥的雨水
开始抛头露面
天空比旷野还空
谷雨在谷歌地图上
访问万物生
开门见山的农妇
沿着去年那条七弯八拐的小路
爬到今年向阳的山坡
用刷抖音的手移栽第二春
村姑留在自己的衣裳内
先往煮腊肉的砂锅里添水
然后加陌生男子的微信私聊

麻着胆子给返乡的大学生写情诗

脸没红

房前屋后的樱桃红了

2020.04.21

# 乡愁

开门见山的老家
在温州打工的
要过年才回来
在昭通读书的
要放假才回来
易地搬迁到安置点的
要村里死老人才回来
在玉溪服刑的
要刑满才回来
在县城开超市的
要清明上坟才回来
跟着姐夫传销成团伙的小姨妹
要后悔才回来
在山西挖煤炭挖着瓦斯的
要火化了才回来
山高水长的老家
从山前绕到山后的水泥路上
驻村扶贫工作队员的摩托车

与早出晚归的牛羊并肩前行
沟边的三间瓦房
是大学生少小离开的家
现在已经被挖掘机拆成废墟
再也长不出炊烟
老家只剩一个老光棍
守着修缮加固的老屋
白天挖贵州山歌唱的洋芋
夜晚等山那边的那个寡妇
吃他的腊肉和低保

2020.04.27

小强、小强

# 卷五

# 情怀

p 173 / 256

## 生日赋

我被孤独磨损的内心
正加速机器的衰老
面对时间的镜子
我已经来不及感慨
与其慢慢把一首诗折腾成病句
不如趁早熄灭想法
让日渐干枯的草木
穿过春天的雨水
回归山川
当生活把生活修改得面目全非
所有的努力都是徒劳
我只有向命运妥协
才能了断忧愁和欢乐
用剩下的爱
治疗打满补丁的疼痛
如果我再也找不到活着的借口

就不会赖在世上

仿佛在恶梦中打滚的困兽

脱掉冒虚汗的皮毛

2012.04.06

## 中年赋

像清理书架上的书一样
我开始剔除丧失意义的事物
凑热闹的蝉
到了秋天自然会低调
我从心高气傲到心平气和
几年时间就变成了老陈
负担越扛越重
酒量越喝越小
唱歌不再摇滚
写诗不再目的
有的人几天不见就想
有的人仿佛素不相识
再也不想在街上遇见
尽管电话号码
存储再多也不会增加手机的重量
但我从未拨打过的

与其保留

不如删除

连同往事和记忆

然后安步当车

与时光一起慢下来

2014.04.06

## 修钟表的人

生活是一个巨大的空间
对于已知者来说
重要的不是精确　而是秩序
你从玻璃的表面
抵达金属的内心
寻找时间受伤的内脏
钟表的零件　由你构成

所有的日子都被你
拉长或者缩短
你翻箱倒柜　轻轻扶起
每一个令我们沉重的细节
使在半路跌断骨头的钟点
通过组装后继续行进
哪怕是空转　有时也超过了
我们的生命
在你的手里
钟表是一头迟钝的母牛
你用挤奶的方式

从积压的昨天　挤出几秒的
乳汁　让齿轮每时每刻
咬痛我们的心跳

与打铁匠相比
你的劳动比刺绣还轻
但你用不锈钢的精神
穿越绷紧的时空
累垮整个人类

不管时间怎样错乱
你都是绝对的机械
在操纵与被操纵之间
你要捏紧不会软下来的真理
否则　你无法纠正我们
随时发生的偏差
我们会自己提醒自己
按时上班或不按时结婚

你修理的钟表
从终点的来路到起点的归途
我们每个人都逃避不了

1996.01.01

# 租房住的感觉

我在城郊的一间房子
寄存一件行李
城郊的一间房子
与唐诗中的杜甫
隔着一堵墙
一千年前的秋风
随时吹破我的梦想

房东像远房亲戚
我们的谈话
从租金开始　到租金结束
租房住　像一个外地人
任何人都可以做我的邻居
隔壁的女孩　迟早要嫁出去
被我怀念和遗忘

我天天都在想家

不知明早醒来家在何处
因为负担是一件行李
堆在陌生的墙角
心是一盏易碎的灯
无法挂在没有钉子的墙上
除了大地　一切都不安稳

我把家搬来搬去
直到家变成破烂
装在一条蛇皮口袋里

1995.12.30

## 向贾平凹索字

在昭通的画苑宾馆
我敲开贾平凹住的房间
他用陕西方言
接待我这个来自彝良县的文联主席
我直截了当
请他为我正在筹办的《彝良文学》
题写刊名

我担心贾平凹会拒绝
或者像写《废都》一样
画几个方框
再注明此处删去多少字

其实
我的担心是多余的
贾平凹不仅爽快地
写了“彝良文学”4个字

还在后面

落上他的大名和年月日

由于彝良文联很穷

我对贾平凹的感谢

只有尽快把《彝良文学》办出来

才能在发稿费的时候

多少向他表示一下

2004.12.16

# 我对周富强的不满

昭通师专中文系的周富强
别看他说话结结巴巴
最会见风使舵
他在信中称我首长
见面叫我大大大哥
而向漂亮的女同学介绍我时
却说我是是是彝彝彝良的
宰宰宰猪猪猪匠
只有当着杨昭和胡性能
这些男教师的面
他才夸我是一个诗人

1989.04.03

# 在文联上班

从去年开始
我在文联上班
文联在政府办公楼的最高层
从办公室的过道往外直走
就到了房顶
有花草和果树
有假山和喷泉
如果我的手机响
还有鸟语
我在文联领导两位年轻的女子
连夏天敏都羡慕
其实我很孤单
我开始发表诗歌的时候
代唐仙才 3 岁
当她坐在我的对面
读写和造句
我已经是老文学青年
只有与她谈起尹丽川

才返回 18 岁
文联的工作
不干也不影响庄稼的生长
和旧城的改造
但要出作品和人才
就忙得焦头烂额
因此我的诗歌越写越少
请示和报告越写越多
好在跑腿的事
有潘群分担
在文联上班
要耐得住寂寞
甚至两位女同事
到房顶摘桃子吃的下午
我也坐在办公室
读海男推荐的《瓦尔登湖》

2005.06.21

# 江湖卖艺

一个女人卖票
一个男人守门

报幕员就是耍魔术的
他吐完火
又从空盒子里
拉出一串彩旗
再摇出几个
乒乓球

接下来是唱
一个男人
在劣质音响的伴奏下
首先背对观众
用五音不全的嗓子
唱离家的孩子
激动时还故意
抖动双腿

将话筒
从左手扔到右手

最后一个节目
是与蛇同眠
一个半躺半卧的胖女人
薄薄的衣裳
勉强遮住丰乳肥臀
一条大蟒蛇
在她的肚皮上
爬了半分钟

接下来的表演
是重复刚才的内容
由于不清场
一张票可以看一整天
有的观众走了
有的继续
坐在凳子上

2002.05.25

# 祝威廉王子新婚快乐

威廉王子大婚
我没有去凑热闹
主要是他没有邀请我
我居住的地方有个惯例
红事不同于白事
如果主人
没当面或打电话或发短信请
关系再好也不会参加
不过
就算我收到他的请帖
也不　定去
他不像我身边的熟人结婚
100 块就可打发
而且凡事都讲礼尚往来
记得我结婚那天
戴安娜也装不知道
所以我不欠英国王室的人情

2011.05.01

开往春天的地铁

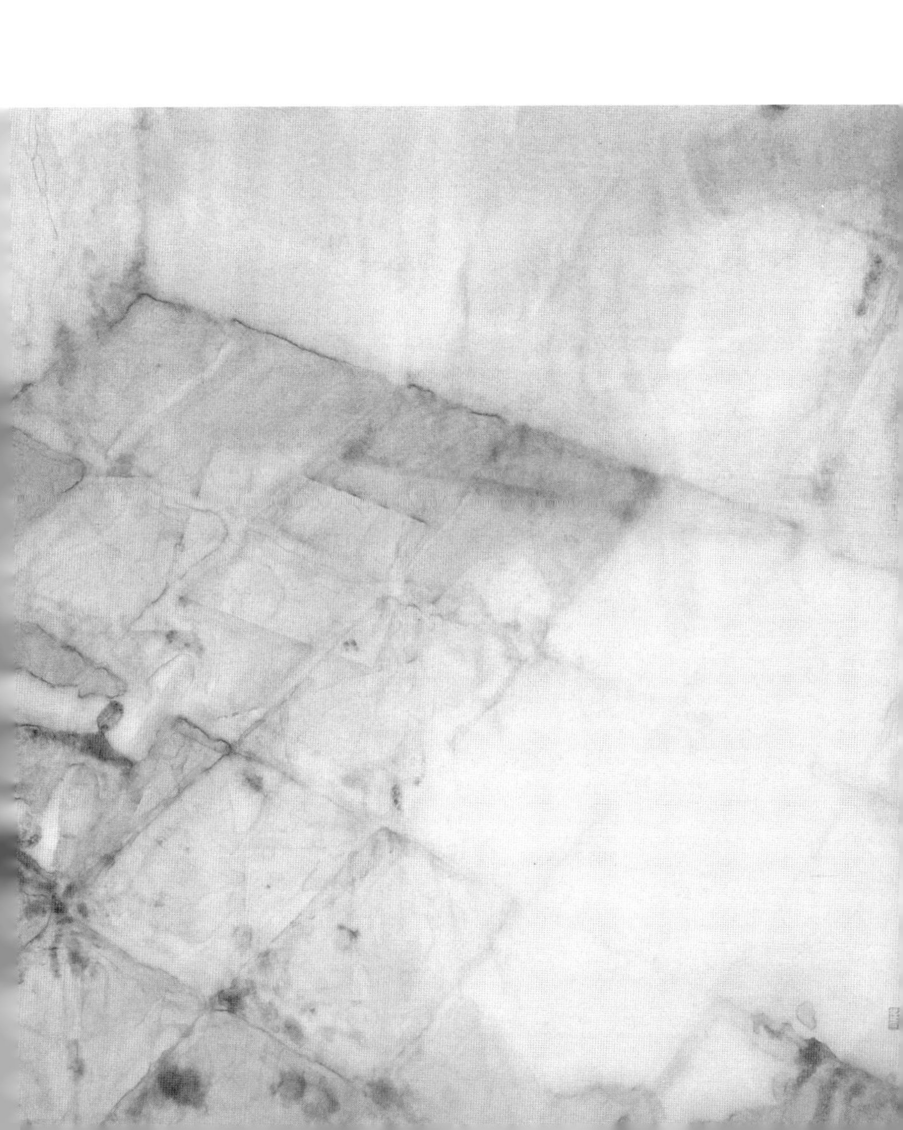

# 生意难做

侄子陈辉溜在乡下闲得蛋疼
想进城做生意
没有垫本资金
咨询我如何白手起家
我答复
开服装店要本钱
摆夜宵摊要本钱
开电三轮要本钱
就连擦鞋和当流浪大师
都要本钱
他问我做哪样生意不要本钱
由于他平时说话就很难听
我这个二叔都被他经常挖苦
就直言不讳告诉他
“只有糟蹋人才不要本钱”

2019.05.01

# 坐着火车到拉萨

我去西藏参加雪域诗会
提前在网上订了张
从成都到拉萨的火车票
下午刘小琼请我吃完饭
又开车送我到火车站
我上车后发现我的座位
被一个大妈占了
就叫她让座
她掏出车票给我看
然后用昆明话说我
“麻麻撒
我的就是15座葛合
你老倌儿大口马牙的
说我坐的是你的座位
是不是睡诺诺睡糟耐啦
你太雀了”
我只好站在她的旁边
等火车到了德令哈

我才告诉大妈
“你的车票座位没有错
但是你坐的车错了
你去昆明
坐的却是到拉萨的火车”
大妈一听急了
赶紧离开座位去找列车员
不停地念着务俗和白啦啦
我不由自主地哼唱
“这条天路
像巨龙飞在高原上
穿过草原啊
越过山川
载着梦想和吉祥
太扳扎了”

2019.03.07

# 现身说法

我路过卖包的商店
看中了柜台最上一层的
一个帆布挎包
问女店主价格
她开价 80
我还价 50
她摇头说 50 拿不着
叫我再添点
我一本正经告诉她
肯定拿得着
随即搬过凳子
站上去把帆布包拿在手里
问她怎么样
她扑哧一笑
说我真逗

2016.11.03

# 买肉

买菜路过肉摊
瘦哥卖的有点肥
胖妹卖的有点瘦
我虽然不喜欢挑肥拣瘦
但是要炒笋子
就问胖妹
你的肉多少钱 1 斤
胖妹说
不是我的肉
我问
难道是瘦哥的
胖妹双手叉腰
提高音量
你会不会说话
不是我的
也不是瘦哥的
是猪的

2018.12.09

# 舌尖上的中国

杨光锦请我在安逸餐馆吃饭
他说这家馆子的味道不错
问我好吃不好吃
我夸他点这么贵的菜当然好吃
比如河里的鱼和地里的鸡枞
他谦虚地说都是家常菜
我接着又补了一句
把他和同桌的几个人都逗笑了
我说
其实不管是哪家馆子
只要是别人结的账都好吃

2019.01.19

# 约人吃饭

钟鸣村的罗官员

来县城请我吃晚饭

叫我约几个朋友参加

我立即掏出手机

分别给几个朋友打电话

由于是星期六

一个在昭通

一个在小草坝

一个已有人请

一个要在家陪父母吃

一个无法接通

一个呼叫转移

一个已关机

一个打通了没接

另一个打通了也没接

我再也没心思

接着打其他朋友了

只好告诉罗官员

今晚就我两个吃

2015.10.24

# 官员请客

官员来县城

打电话请我吃饭

我下班后赶到馆子

他叫我根据我的口味点菜

我随便点了几个家常菜

买单的时候

官员在口袋里左摸右摸

都没摸出钱来

我说我来

他以为我要付款

趁他犹豫的时候

我一下就从他的口袋里

掏出一摞百元大钞

数了两张递给老板娘

把剩下的还他

他姓罗

真名叫罗官员

是钟鸣村一个有钱的农民

2016.09.08

空瓶子

# 当你老了

当你老了　头全白了　抱着孙子
在大姚县城　请再翻今天
楚雄州委组织部的干部任前公示
慢慢读　回想你过去基层的苦乐
回想我们看你照片的疑问
多少人爱你邀请聂权王单单们
爱慕你的湾碧　诗会或抒情
只有一个人爱你那乡干部的蛮拼
爱你衰老了的脸上八零后的着急
那一个人就是你的婆娘

2018.11.16

# 昨夜心神

早上醒来

媳妇告诉我

我睡着了一直在说梦话

我自己不知道

就问她

发牢骚没有

她说没有

我又问她

主动交待你尚未掌握的秘密没有

她说没有

我继续问她

如实申报个人财产没有

她说没有

我很好奇

就问她

我到底说了些啥

她说

叽叽哇哇的说得太多

只记得 8 个字

2019.07.06

# 上班途中

我徒步从小河桥往西正街走
一个我鄙视的家伙
从两丈远迎面走来
真是冤家路窄啊
为避免与他撞个满怀
我赶紧掉头走环城北路
碰见余顺江
他问我为啥走回头路
我说我不太懂交通规则
刚才低头走路
走了几步才发现是逆行

2018.08.02

# 同学群

在塘房初二班同学群
李天高转了一首诗
问大家
“写得好不好”
林燕邱仕英杨学惠说
“不好”
李天高说
“这是陈衍强写的”
李天高接着又转了一首诗
问大家
“写得好不好”
林应富彭德林吴兴智说
“好”
李天高说
“这是我写的”

2018.08.09

# 磨刀不误砍蔡功

李万翠因她男人蔡发勇家暴
患上抑郁症
由于我的抑郁症是在宜宾医好的
建议她去宜宾治疗
她嫌远不去
彭家念推荐她用磨刀水炖天麻吃
还送了她 20 斤天麻
从上个月开始
李万翠每天在家门口磨刀
然后用磨刀水炖大麻吃
我昨天遇着李万翠
她说感谢彭家念的偏方
不但治好了她的抑郁症
而且蔡发勇再也不敢动手打她

2018.05.03

# 猪肉搜索

春节前夕
乡下有好几个亲戚
都送我猪脚杆
短至猪的膝盖
长至猪的臀部
最长至猪的小蛮腰
由于我在上班
有几腿是在家的儿子收的
好多亲戚他都不认识
我只好根据儿子描述的长相
知道了送猪脚杆的亲戚
我姑爹有一腿
我表妹有一腿
我侄儿媳妇有一腿
我二哥和三嫂有一腿
特别是我二哥和三嫂
年年都送

2018.02.13

# 省城

我去省城出差
顺便送老朋友一盒天麻
老朋友说他今天在蒙自
叫我放在小区门卫室
他明天回来拿
我把天麻交给小区门卫
到对面马路等公交车
猛回头
发现老朋友从家里出来
去小区门卫室拿天麻

2017.12.24

# 败笔

我当年在位卓小学
教过的一个学生
以前喊我老师
后来喊我陈老师
再后来喊我陈师
再再后来喊我老陈
再再再后来喊我陈衍强
再再再再后来
喊我烂狗日的

2017.09.10

# 国产货

昨晚斗地主
我与罗官员联合斗杨大林
我 7778889995QA 打完报
单
罗官员用 KKKK 炸了出
3
更是侮辱我打牌的智商
因为我手里捏的是
大鬼

2017.04.14

# 二哥陈衍照

我的堂二哥陈衍照
教过书
挨过批斗
当过检察官
以老革命自居
最讲家风家规
和礼仪廉耻
比如吃饭
晚辈不能坐上方
更不能在长辈面前翘二郎腿
晚辈与长辈出行
要让长辈走前面
因此一些不懂礼貌的家伙
被他教训得低下披肩发和平头
由于他精通骨科
凡是跌打损伤
只要请他动手动脚
马上就严丝合缝

难怪大家都佩服他
我不仅尊敬
还怕他
老远见到他就赶紧递烟
不过我也反驳过他
他说有老年人在场
年轻人不能坐上方
可是有次开大会
他当副县长的儿子陈辉纲
坐主席台
他坐台下居然一声不吭
还有他说走路要让老年人走前面
我认为如果打仗
还是应该让年轻人往前冲
当然我说这些俏皮话
是背着二哥说的

2017.02.27

# 将进酒

我在昭通与影白喝酒
他提前就把账结了
我叫老板娘把钱退他
因为他没有工作
影白却将我一军
说他虽然失业
但稿费收入比我多
影白的豪爽
让我想起千金散去
还复来的李白
确实
影白每年收到的汇款单
不仅吓陈衍强一跳
而且在很多方面
还超过了李白
比如喝酒
他比李白厉害
就算喝醉了也杯莫停

再比如投稿
李白写了一千多首诗
连《诗刊》都发不了
而影白才写几年
就上了《人民文学》
当然
影白的诗
与李白的诗相比
也有比不过的地方
至少在字数的整齐
和平仄或押韵方面
影白不如李白

2016.11.10

## 县城生活

其实
无论在哪个县城生活
都差不多
都有大街和小巷
都有钢管和城管
都有美容和美女
都有溜冰和溜狗
都有病床和病人
都有公交和私交
都有超市和超生
都有焗油和地沟油
都有防盗门和小偷
都有县委会和县政府
都有会议精神和小道消息
不但
下水都有道
广场都有舞
药店都有套
夜宵都有摊

结婚都收礼

用电都交费

购物都淘宝

打架都流血

市民都称小

棚户都叫区

隔墙都有耳

而且

孩子都玩电脑

大人都打麻将

上班都不签到

串门都不开车

买卖都不公斤

取钱都不排队

馆了都不刷卡

散步都不牵手

现状都不安于

KTV 都不假唱

邻居都不陌生

只有为争摊位吵成高音喇叭

才老死都不往来

2015.04.28

# 冷

我已经习惯了春和秋
季节突变　气候翻脸
温暖在默默背叛
赶路的人　已经半途而废
冬天从天而降　严寒
正大面积铺开大地
风在剥茧抽丝　伤筋动骨
月光洗亮的县城
鸟语消失　花香熄灭
词语结冰　火焰舔痛水的骨头
冷在诗歌的伤口上磨刀
伤心的人
透过冬天的镜子
看到季节的残忍和冷酷
大雪透明的谣言铺天盖地
干净得让人怀疑初衷
纯洁被脚印伤害
每一个地址都是陷阱

一个人喝酒是冷
一个人热血燃烧是冷
一个人围着带电的炉火读书是冷
一个人用欢乐覆盖愧疚是冷
一个人抱着自己的影子痛哭是冷
一个人睡去和醒来是冷
一个人的灵魂被冻伤是冷
一个人想提刀赶回宋朝
了断爱恨情仇
两手空空
还是冷

2014.12.20

# 一个正科级干部的财产公示

本人在文联工作
靠工资养家
靠稿费糊口
奋斗几十年
终于有两套房
一套 50 平米
有房产证
另一套 110 平米
小产权
欠债 10 万
算不上房哥
顶多是房奴
本人以前有很多辆私家车
装 5 号电池才会起步
儿子长大后就不开了
本人是鸟叔的爹
因为养过画眉
本人不是著名诗人

只是人民团体中的好男人
不仅长期挪用私房钱买菜
还天天做饭兼偶尔受气
本人一个户口
两个身份证
一个第一代
另一个第二代
有点像两个老婆
一个早已前妻

2013.02.12

## 杨大学审案

上世纪 50 年代
北方人杨大学
在彝良法院当法官
很多难断的案
都被他照本宣科地
审出来龙去脉
但一件儿媳妇状告老公公的案子
却把他难倒在卷宗上
因为在当地
老公公占儿媳妇的便宜叫烧火
杨大学翻遍了所有的法律条款
都找不到烧火案
退堂

2009.12.09

# 我娃写给他妈的“保证书”

“我保证

以后我不去

我爸爸办公室打游戏

如果去了就让妈妈打

以后要听话

要按时完成作业

再犯就在乡下过一个假期”

2008.07.10

# 中考诗

儿子领回成绩通知书
我问总分多少
他说 360
我一听这数字就生气
挖苦他他还笑
我是这样挖苦的
“怪不得你天天玩游戏
连考试都给老子
考出个杀毒软件”

2014.07.11

# 与子书

老爸正在忧郁中老去
与其把你教育成才
不如把你培养成人
为了不让你重复我的苦
你不仅要学会爱
还要练习活
其实我比你还脆弱
随时都有可能崩溃
就算我在折腾中突然消失
也不会给你留下债务
尽管你叛逆和混蛋
不是我受伤的证词
我愤怒过后依然爱你
因为今生我还没与你处够
来世老子还想做你的爸爸

2012.09.02

# 再写儿子

你作为单亲家庭的儿子
没有坎坷过老爸的坎坷
你虽然已经抵达我养活自己的年纪
但是还在用电脑游戏游戏人生
分不清时代的好坏
你只有学有所成　或者不学有术
才可能活得人模人样
你根本不知道　老子里外不是人
是诗歌害了我和成全了我的一生
致使我出门总是被语言看不起
就算你以后模仿得比我好
也不要做起吃不完穿不尽的样子
生活　就是挣扎和妥协
哪怕你在路上跌打损伤　爬起来
依然是陈衍强的儿子

2019.08.26

# 李大嘴结婚

之前他通知过
我因为事多忘了
他在散客后
一定是检查收礼单
没有搜索到我的名字
便打电话催我
由于我媳妇还在学校开家长会
我正给娃儿辅导作业
加之我结婚时没有收过他的礼
就告诉他暂时不能到场
他表示要坚定不移地等我
我只好抛弃娃儿的作业
赶到彝良大酒店
发现婚礼现场
只剩下新郎和记账的
佩服了

2008.06.02

马过河

2017-10 23 TUES 13:32:18

## 这是 7 月 20 号的昆明

一夜暴雨
把广福路改成翠湖路
把建设大街改成建水大道
把茨菱小区改成泥泞小区
把雷平阳改成太平洋
今天上班
出门就是滇池
出门就是鼓浪屿
出门就是威尼斯
最好的交通公具
不是轿车
不是摩托
不是共享单车
是船
是游艇
是直升机
今天的昆明人
水得很

水深得很
有潜水的
有搅浑水的
有蹚浑水的
有在水一方的
有在河之洲的
今天上街
不是诗人都是湿人
不想识透都要湿透
不想失身都要湿身
不抓落实都抓落湿
今天从北站到南站
适合漂泊
适合流浪
适合随大流
适合袭千仞
适合唱荷塘月色
适合朗诵
莫道昆明池水浅
观鱼胜过富春江
今天买房
都是海景房
今天买菜
都是水产品

今天购物
都是水货
今天结算
都是流水账
今天约会
都是漂洋过海来看你
今天的隧道
是下水道
今天的文化宫
是龙宫
今天的快递
是物流
今天的城管
是水军
今天的海绵城市
是硅胶和暗礁
其实何止今天
昆明从不缺水
它的杂志就叫《滇池》
它的机场就叫长水

2017.07.20

## 这些年

这些年
我过得一般
还在学做人
从耿耿于怀到耿直仗义
要不了几年时间
我是有单位的人
不该讲的话坚决不讲
这些年
我血压升高
颜值下降
见过的世面和人物越来越大
脾气和酒量却越来越小
这些年
我上有老子
下有儿子
隔壁有老王
不惹事
也不怕事

好玩的
继续亲密无奸
不好玩的
就敬而远之
这些年
风很大
宁可命犯桃花
千万不要命犯小人
宁可欠债
千万别欠人情
这些年
我努力冒充君子
不写捡来之诗
不吃嗟来之食
要想让人看得起
不仅包里有烟
还要有打火机
加微信
不屏蔽好友
不截图告密
给女弟子改诗
只扶贫
不视频
上班守纪律

下班懂规矩

不斗地主

只斗地主婆

不打球

只打擦边球

2018.10.27

## 哀悼外甥女徐贵涛

我的外甥女徐贵涛　像一粒米
自我妹妹的谷壳中脱颖而出
张开花朵的小嘴　饮着露珠中的阳光
萌芽成禾苗　可惜只绿了七个月
就被疾病打枯萎了
她是在 1994 年的夏天消逝的
这没有诗意的夏天
我梦见落草的蛇　在舞蹈中
化成村庄上空的炊烟

徐贵涛　生在缺少母乳和营养的日子
风一吹就会飘起来
可她还不会说汉语　只能用啼哭
打动我妹妹的内心
直到她失血的皮肤透出毛病
我的妹妹才把她送进城里的医院
并从儿科和 × 光的投影中

发现她的肺　被结核
用破坏的动词打出深深的伤口

我的贫穷的妹妹
怀抱徐贵涛　被住院部挡在门诊处
只有我帮助她交了住院费
徐贵涛薄薄的命　才被医生轻轻托起
可是她太小了
即使身上结出输送药液的吊针
也难坚持呼吸
当她在抽搐中陷进危险
仿佛整个世界都在收缩
只有一根氧气管　在她的生死之间
拔河　拉长住院的分分秒秒
我已经看到死亡的影了
在她的眼睛里盘旋成大群的乌鸦
我想　她偶尔发出的一两声啼哭
难道不是在死的边缘发出的呼救吗
我分明感觉到了　一个懂事的小生命
即将离去时的伤心

我的目光掠过她赤裸的胸脯
无法把那儿描绘成乳房

更无法使她丰满成青春期
从美和诗歌发展成恋爱中的少女
没有谁能够挽留她
当氧气管在疲惫中摘下
她还在喘息　像歌曲无力的尾声
我的妹妹只好抱着她回家
她是一颗行将燃尽的星星
直到进了家门　她才啼完最后一声
鸟的哀鸣　虚脱成一块黯淡的陨石
我的外甥女的光焰就这样熄灭了
她是山村的一朵花
只有返回乡土才能停止歌唱
在这个强大的世界上
她的消失与一只蚂蚁一样
除了与她有血缘亲情的人
谁会把她的存在和灭亡
当作事件与伤痛

徐贵涛　一个山里人的名字
渐渐模糊　被风吹成记忆的碎片
在跨世纪的中国
在居民身份证上和人们的传呼中
在农妇　女省长或酒吧女的圈子里
我再也无法遇到她

除非她不死　一切才有可能
外甥女徐贵涛的短命
像一把刀子　扎进我这愚舅的灵魂
我看见花朵和石头在水底燃烧
成为不能飞翔的琥珀
我在伤痛中挺住　坚持和斗争
我怀疑我的存在并相信她还活着
在不回家的外面一天天长大
成为一个独自谋生的姑娘
开始隔着一个地址给我写信

1994.08.25

# 老友柯平

1980 年代就名震诗坛的柯平
住在像水蛇腰一样的湖州
我是与他书信往来 30 多年后
才在他的省见面如见字的
别看他穿着像红卫兵
内心不但不柯镇恶
而且还柯镇善
在文成参加慢城国际诗歌节
他原本第二天就要离开的
因为我与他一席谈
觉得还有很多话如鲠在喉
所以他改变计划
第二天与我一起从百丈漈
走马刘伯温故里
第三天我在铜铃山中
没见他踪影
回来才发现他在酒店等我
甚至返程

他也要推迟他的时间
与我同车到温州南站才分手
他除了会抽烟
居然不喝酒不用微信
这是我对他不满的主要原因
大我 6 岁的柯平
只有与他在一起谈诗论人
我才能找到时代感和沧桑
并且对伟大的事物敬畏和感恩
甚至像四川人说的
啥子事都搁得平

2018.11.15

## 写给陈衍的信

大哥　我觉得我可以这样称呼你
我刚才还躺在床上
手倦抛书　白日梦长
现在　我正品着你老家的铁观音
像读轩辕轼轲赠送的诗集一样
翻阅你的《石遗室诗话》
你这个清光绪八年的举人
留下的不仅是文字　还有声音
正如刘川所言　你秉持
内心的一点理想之光
听晚清社会变革的澎湃与沧桑
我佩服你才 10 岁就读完国学经典
能将六朝人文长篇若两都
若哀江南诸赋背诵如流
其实我的经历　仿佛中国近代史
与你有惊人的相似
因为你曾应湖广总督张之洞之邀
任官报局总编纂　写时事评论

而我也在县委机关报当过副总编
写本报讯和抒情诗
只不过在你支持戊戌变法的京城
我见到的不是梁启超和六君子
而是中岛　侯马　徐江　沈浩波
还有春树　潇潇　翟永明　尹丽川
你作为《福建通志》的编修者
和台湾巡视组长的大秘书
在民国时期当过教授
而我也是改革开放初期的民办教师
知道五柳孤松客　住在三坊七巷间
当我正要把写给你的这封信
通过电子邮件发往 100 年前的
福州市鼓楼区文儒坊大光里 4 号
突然想起一个有趣的问题
如果你当初在你陈衍的名字后面
再加一个强　叫陈衍强
可能成不了著作等身的文学家
也许只是一个写口语诗的文联主席

2016.10.24

观

## 与妻书

我曾经在往事中折腾
被爱情伤害　差点吊死在一棵树上
当我被婚姻扔在空无一人的大街
我只能拖着我的影子
藏起眼泪　走过寒冷的冬夜
用虚汗洗脸　用诗歌疗伤
直到我用烈酒将剩下的才华烧成灰烬
我的女人　你仍未现身

我像困兽一样挣扎　嚎叫
苦难总会滚回来处　好事当然成双
我的女人　睡在天边　站在眼前
感谢你　在我继续流浪的春天偶遇我
把我领回你铺满月光的家
风言吹过高山　风语打湿流水
我们的相识　是针尖与麦芒的相识
我们的结合　是火车与铁轨的结合
你的枝头　花朵已经灿烂出果实

当我天马行空　过着虚构的日子
你伸出操持家务的手
接我返回现实　用粮食和蔬菜
把我浪漫的诗篇
修改成普通人的日常生活
其实　你比我坚强和脆弱
就像我们睁开眼睛　看到的
不仅是妇人的长舌
打开耳朵　听到的
除了左邻的碗大　右舍的筷短
还有人　在大地上疲于奔命

一个先锋诗人和一个女强人
从相见恨晚到梅开二度
胜过结发夫妻
我在天上打铁　你在人间绣花
将颠倒的黑白　饮食和起居
再次颠倒　成为想和牵挂
亲爱的　我为你饱经沧桑
你为我苦尽甘来
因为你　我开始热爱世俗中一切
无论衰败与繁荣　悲伤与欢乐
甚至冰雪与火焰　江山与本性
都无法撕裂我们越箍越紧的爱情

英雄拔剑　美人在侧
我和你手忙脚乱地完成婚姻
仿佛重整河山　重建家园
夫妻　这是两个需要妥协和磨擦
才能扛在肩膀上的汉字
这是最好和最艰难的时光
感谢你用贤惠和善良收容我
将我的从前易地搬迁到今天
我无论叫你老婆　抑或喊你婆娘
不管称你妻子　还是呼你媳妇
你都是我永远的亲密战友

2019.07.18

# 人眼识别

新型冠状病毒
从武汉蔓延到朋友圈才几天
我生活的县城
也有很多人戴口罩上街
由于他们屏蔽了嘴
只露出眼睛
我真的分不清
谁是王静
谁是高莉
谁是王顺燕
谁是魏定会
谁是刘开群
谁是张孝琴
谁是李昌静
谁是铁盛春
谁是代唐仙
谁是彭家念
谁是杨大林

谁是罗官员
谁是余顺江
谁是王开平
谁是刘义田
谁是芶占东
在众多戴口罩的人群中
我只认出一个人
虽然他戴口罩
但是我从他斜视我的眼睛
就知道他是某某某
上下班经常遇着
从来没有正眼看过我

2020.01.24

# 王顾左右

王顾左和王顾右都是我的朋友
兄弟俩的妈去世后
我随礼送了 500
王顾左和王顾右分帐时
虽然王顾左的朋友送的钱归王顾左
王顾右的朋友送的钱归王顾右
但是分我送的钱时
王顾左和王顾右却产生争执
都说与我是好朋友
要对半分
每人 250
王顾左干脆打我的电话
问我是他的朋友还是王顾右的朋友
面对他出的选择题我很生气
就提高嗓门说
“你和王顾右为了争 250
居然好意思问我
简直侮辱了朋友二字

我为曾经是你和王顾右的朋友
感到脸红
现在我宣布
从今天起
你和王顾右都不是我的朋友”

2020.04.02

# 清明与父书

去年清明节
你还在家里喝酒　抽烟
与你的老伴　我的母亲摆龙门阵
风吹痛路上的行人
雨打湿枝头上的春天
你想起那些年纪比你小的亲人
都从人间去了阴间
而你在山路上跋涉了 91 年
还在替死者负重前行
哪怕油尽灯枯　只要火焰还没熄火
也要亮一天算一天
其实　你起起落落的一生都在喝酒
特别是在惯看秋月春风的晚年
喝完瓶装的　又喝散装的
醉了就靠在家门口的旧沙发上
晒太阳和打盹
指尖上的紫云烟　燃到过滤嘴都不知道
你虽然如岁月昏昏沉沉

但是总会自动醒来
还能端起碗吃饭　放下筷看新闻联播
并且对陈年旧事记忆犹新
当光阴带走房前屋后的流水
你感觉死就像草木一样简单
而活　还要气　折腾和身不由己
今年清明节
你在坟里已经睡了将近半年
我在你的坟头挂青
在你的坟前点香　烧纸
为你敬烟　敬酒和放鞭炮
就算是哄鬼也要有仪式感
我固执地认为　你依然乐观地活着
只不过用装聋作哑代替胡言乱语
像一个搬迁户　在灵魂的异地安置点
换一种方式过清静的日子
不再有远虑和近忧
呜呼哀哉　伏惟尚飨

2020.04.04

图书在版编目（CIP）数据

云南映象 / 陈衍强著 . -- 北京：中国人口出版社，2021.7
ISBN 978-7-5101-7482-7

Ⅰ. ①云… Ⅱ. ①陈… Ⅲ. ①诗集—中国—当代 Ⅳ. ① I227

中国版本图书馆 CIP 数据核字 (2020) 第 228596 号

# 云南映象

YUNNAN YINGXIANG

陈衍强　著

策　　划　小众书坊
责任编辑　刘继娟
绘　　画　王光林
书籍设计　孙　初　申　祺
责任印刷　林　鑫
出版发行　中国人口出版社
印　　刷　北京精彩世纪印刷科技有限公司
开　　本　889 毫米 × 1194 毫米　1/32
印　　张　8.5
字　　数　92 千字
版　　次　2021 年 7 月第 1 版
印　　次　2021 年 7 月第 1 次印刷
书　　号　ISBN 978-7-5101-7482-7
定　　价　50.00 元

网　　址　www.rkcbs.com.cn
电子信箱　rkcbs@126.com
总编室电话　（010）83519392
发行部电话　（010）83510481
传　　真　（010）83538190
地　　址　北京市西城区广安门南街 80 号中加大厦
邮　　编　100054